AF395099

Paul und Lars

Baupläne des Schicksals

Alisa Kevano

© 2024
likeletters Verlag
Inh. Martina Meister
Legesweg 10
63762 Großostheim
www.likeletters.de
info@likeletters.de

Autorin: Alisa Kevano
Bildquelle: Midjourney

ISBN: 9783946585725

Teilweise kam für dieses Buch künstliche Intelligenz zum Einsatz.

Inhaltsverzeichnis

Kapitel 1

Lars hatte schon an vielen Orten gearbeitet, aber dieses neue Bauprojekt im Herzen der Stadt fühlte sich anders an. Als der Polier an diesem kühlen Morgen die Baustelle betrat, war es, als würde er in eine andere Welt eintauchen. Die enormen Stahlkonstruktionen ragten wie die Knochen eines gigantischen Ungetüms in den Himmel. Lars konnte nicht umhin, beeindruckt zu sein, obwohl er es nie zugegeben hätte.
Er war früh dran, die Sonne hatte gerade begonnen, den Horizont zu erleuchten. Der Bauhelm saß fest auf seinem Kopf, die Sicherheitsweste umschloss seinen kräftigen Körper.
Er war bereit, in den Tag zu starten, bereit, seine Fähigkeiten unter Beweis zu stellen. Lars war in seiner Welt, auf der Baustelle, wo jeder Handgriff zählte

und jeder Schweißtropfen seinen Wert hatte.

Als der Bauwagen sich öffnete, trat eine Gruppe Menschen heraus, angeführt von einem Mann, der ganz offensichtlich nicht von hier war. Er trug einen scharf geschnittenen Anzug, der mehr nach Büro als nach Baustelle schrie, und sein Haar war makellos gestylt. Dieser Mann, Paul Schneider, wie er sich vorstellte, war der Auftraggeber des Projekts.

Paul begann, das Projekt zu erläutern, seine Stimme fest und sicher. Er sprach über Termine, Sicherheitsprotokolle und Erwartungen. Lars hörte zu, doch sein Blick blieb an Pauls Gesicht hängen, an der Art, wie seine Lippen sich bewegten, wie seine Augen bei jedem wichtigen Punkt ein wenig enger wurden. Es war etwas an diesem Mann, das Lars nicht einordnen konnte, er spürte eine magnetische Anziehung, die er sich nicht erklären wollte.

Die Führung über die Baustelle begann, und Paul ging voran, wobei er ab und zu einen Blick auf seine Unterlagen warf. Lars folgte ihm, zusammen mit den anderen.

Jedes Mal, wenn Paul stehen blieb, um etwas zu erklären, war Lars in der Nähe, hörte zu, beobachtete. Er konnte sich nicht erinnern, wann er das letzte Mal so auf jemanden geachtet hatte.

Es gab einen Moment, einen flüchtigen Moment, in dem sich ihre Blicke trafen. Es war nur ein Bruchteil einer Sekunde, aber für Lars fühlte es sich an wie eine Ewigkeit.

Pauls Augen waren von einem tiefen Braun, und es schien, als würden sie direkt in Lars hineinsehen. Dann war der Moment vorbei, Paul wandte sich ab, und die Führung ging weiter.

Als die Führung endete und Paul sich verabschiedete, spürte Lars eine seltsame Leere. Er schüttelte den Kopf, als wollte er die Gedanken und Gefühle,

die Paul in ihm geweckt hatte, abschütteln. Er kehrte zu seinem Arbeitsbereich
zurück, seine Hände fest um die Werkzeuge, die ihm so vertraut waren. Er
war hier, um zu arbeiten, nicht um über
den Auftraggeber nachzudenken.

Doch während er arbeitete und das
Echo der Maschinen die Luft erfüllte,
fanden seine Gedanken immer wieder
den Weg zurück zu Paul.

Es war nicht nur Pauls Erscheinung, die
ihn faszinierte; es war die Art, wie Paul
sprach, mit einer Klarheit und einem
Selbstvertrauen, das Lars selten erlebt
hatte. Er fragte sich, was es war, das
diesen Mann so anders machte, so fesselnd.

Lars arbeitete weiter, doch in seinem
Kopf drehten sich die Räder. Es war
nicht das erste Mal, dass er jemanden
traf, der seine Aufmerksamkeit erregte,
aber es war das erste Mal, dass es ein
Mann war.

Das warf Fragen auf, die Lars nicht bereit war zu beantworten, Unsicherheiten, denen er sich nicht stellen wollte.

Als die Mittagspause kam, unterhielt sich Lars mit Carlos, seinem langjährigen Kollegen und Freund. Carlos war der Typ, der immer einen Witz auf den Lippen hatte, der nie ein Blatt vor den Mund nahm.

«Hast du den Anzugträger gesehen?», fragte Carlos und lachte. «Ich dachte, er würde uns beibringen, wie man Aktien handelt, nicht wie man ein Gebäude baut!»

Lars lachte mit, aber sein Lachen klang hohl in seinen eigenen Ohren. Er konnte Carlos nicht sagen, was in seinem Kopf vorging, konnte nicht erklären, warum der «Anzugträger» mehr für ihn war als nur ein unpassender Auftraggeber.

Lars war gerade dabei, seine Werkzeuge zu säubern, als Herr Wagner, der

Baumeister, mit einem finsteren Gesichtsausdruck auf ihn zukam. Lars spürte sofort, dass etwas nicht stimmte.

«Lars, dein Arbeitstempo lässt heute zu wünschen übrig», begann Herr Wagner, ohne eine Begrüßung. «Und diese neuen Leute, die du eingestellt hast, die sind auch keine große Hilfe.»

Lars sah auf.

Er wusste, dass er heute nicht langsamer als sonst arbeitete. Die neuen Arbeiter waren junge Leute, frisch in der Branche, die noch lernen mussten, aber sie bemühten sich.

«Herr Wagner, ich arbeite so effizient wie immer», antwortete Lars ruhig. «Und die neuen Mitarbeiter brauchen vielleicht etwas Zeit, um sich einzufinden. Wir waren alle mal Anfänger.»

«Das ist keine Entschuldigung», schnaubte Herr Wagner. «Wir sind hier, um zu arbeiten, nicht als Ausbildungseinrichtung.»

Er warf einen abfälligen Blick auf die jüngeren Arbeiter.

Lars spürte, wie sich Ärger in ihm regte.

«Jeder verdient eine Chance, sich zu beweisen. Respekt und Fairness am Arbeitsplatz sind wichtig», erwiderte er, seine Stimme beherrscht, aber bestimmt.

Herr Wagner fixierte Lars mit einem harten Blick.

«Pass auf, Lars. Deine Arbeit ist vielleicht zufriedenstellend, aber deswegen kannst du dir noch lange nicht alles erlauben.»

Mit diesen Worten drehte er sich um und ging.

Lars beobachtete, wie Herr Wagner sich entfernte, und spürte, wie die Spannung in der Luft hing. Er wusste, dass diese Konfrontation nicht die letzte sein würde.

Die Arbeit nahm den Rest des Tages in Anspruch, aber die Begegnung mit Paul hallte in Lars' Gedanken nach.

Als er die Baustelle am Abend verließ, wusste er, dass dieser Tag mehr für ihn verändert hatte, als er zugeben wollte.

Paul hatte sich auf diesen Tag vorbereitet, aber nichts konnte ihn auf die Begegnung mit Lars vorbereiten. Während er sich auf dem Rückweg zu seinem Büro befand, gingen seine Gedanken immer wieder zu dem Bauarbeiter mit den eindringlichen Augen zurück.

Es war ungewöhnlich für ihn, so von jemandem gefangen genommen zu werden, besonders in einer beruflichen Umgebung. Paul war es gewohnt, Kontrolle über seine Emotionen zu haben, doch bei Lars fühlte er sich merkwürdig verunsichert.

In seinem Büro angekommen, versuchte Paul, sich auf die Stapel von Akten zu konzentrieren, die auf seinem

Schreibtisch warteten. Doch seine Gedanken drifteten immer wieder ab.

Es war etwas Rohes, Echtes an Lars, das ihn faszinierte. Paul schätzte Authentizität über alles, und Lars schien davon mehr als genug zu haben.

Paul entschied sich, eine Pause zu machen, und ging zu einem kleinen Café in der Nähe seiner Kanzlei. Dort traf er sich wie so oft mit Sophie, seiner besten Freundin und Vertrauten. Als er ihr von der heutigen Baustellenführung erzählte, konnte er nicht umhin, Lars zu erwähnen.

«Er ist was Besonderes», gab Paul zu, während er mit seinem Kaffee spielte. «Es ist nicht nur sein Aussehen. Es ist seine Art, die Welt zu betrachten, als würde er etwas sehen, das uns anderen verborgen bleibt.»

Sophie lächelte schelmisch.

«Klingt, als hätte jemand Eindruck hinterlassen», neckte sie ihn. «Aber pass auf, Paul. Du weißt, wie kompliziert es werden kann, wenn berufliches und privates Interesse sich überschneiden. Abgesehen davon klang es, als sei er hetero?»

Paul nickte.

Er wusste, dass sie Recht hatte. Aber etwas in ihm wollte mehr über Lars erfahren, wollte diese unerklärliche Verbindung erforschen, die er gespürt hatte.

«Ich habe wirklich das Gefühl, als wäre da mehr zwischen uns als nur eine freundschaftliche Verbindung. Ich glaube, dass er mich mag. Egal, ob er vorher nur mit Frauen zusammen war oder nicht. Aber ich werde vorsichtig sein», versprach er, obwohl er sich nicht sicher war, ob er dieses Versprechen halten konnte.

Nach der Pause kehrte Paul zurück in sein Büro, fest entschlossen, sich auf seine Arbeit zu konzentrieren. Doch die Bilder von Lars, wie er ernst und konzentriert auf der Baustelle stand, ließen ihn nicht los.

Es war mehr als nur physische Anziehung; es war ein Gefühl von Neugier, eine Sehnsucht, hinter die Fassade des schweigsamen Bauarbeiters zu blicken. Paul hatte schon viele Menschen getroffen, aber niemand hatte ihn so schnell und so tief beeindruckt.

Am späten Nachmittag, als die Sonne bereits tief am Horizont stand, beschloss Paul, noch einmal zur Baustelle zu gehen.

Er sagte sich, dass es nur darum ging, den Fortschritt des Projekts zu überprüfen, aber tief in seinem Inneren wusste er, dass es mehr war. Er wollte Lars sehen, wollte verstehen, was es war, das ihn so anzog.

Als er die Baustelle erreichte, war die Arbeit für den Tag fast beendet. Die Arbeiter räumten ihre Werkzeuge weg und bereiteten sich darauf vor, nach Hause zu gehen. Paul suchte nach Lars und fand ihn schließlich, wie er allein an einer Ecke der Baustelle stand, seine Augen auf die untergehende Sonne gerichtet.

Paul trat näher, unsicher, wie er das Gespräch beginnen sollte. «Die Arbeit ist schon gut vorangegangen», sagte er schließlich.

Lars drehte sich überrascht um.

«Oh, Herr… Schneider, richtig?» Seine Stimme war tiefer, als Paul es in Erinnerung hatte, und irgendwie berührte sie etwas in ihm.

«Ja, genau», antwortete Paul und versuchte, seine professionelle Fassade aufrechtzuerhalten. «Ich wollte nur sehen, wie alles läuft.»

Es entstand eine kurze, unbehagliche Stille. Lars überlegte, was er sagen sollte, dann nickte er langsam.

«Läuft alles nach Plan», sagte er knapp.

Paul nickte, aber er wollte noch nicht gehen. «Sie machen gute Arbeit hier», fügte er hinzu und sah Lars direkt in die Augen.

Lars schien überrascht über das Kompliment, aber er lächelte leicht.

«Danke. Wir geben unser Bestes.»

In diesem Moment wollte Paul mehr sagen, wollte mehr über diesen Mann erfahren, aber er hielt sich zurück. Es war nicht der richtige Ort, nicht der richtige Zeitpunkt.

«Nun, ich werde Sie nicht länger aufhalten», sagte er schließlich. «Wir sehen uns morgen.»

Paul fiel es schwer, doch er drehte sich um und ging. Etwas an Lars zog ihn an, und er konnte sich nicht dagegen wehren.

Lars beobachtete, wie Paul ging, und fühlte sich seltsam leer. Er verstand nicht, was vor sich ging, verstand seine eigenen Gefühle nicht. Alles, was er wusste, war, dass Paul anders war als jeder, den er je getroffen hatte.

Der Tag neigte sich dem Ende zu, und Lars verließ die Baustelle mit gemischten Gefühlen. Er wusste, dass der morgige Tag neue Herausforderungen mit sich bringen würde, aber irgendwie freute er sich darauf, Paul wiederzusehen.

Kapitel 2

Nach der Arbeit saßen Lars und Carlos in ihrer Stammkneipe, ein rustikaler Ort, wo sie oft den Tag ausklingen ließen. Das Bier war kalt, und die Atmosphäre war gefüllt mit dem Lachen und den Gesprächen der Stammgäste. Doch heute war Lars irgendwie abgelenkt.
Carlos bemerkte Lars' nachdenkliche Stimmung. «Alles in Ordnung, Kumpel?», fragte er, während er einen tiefen Schluck von seinem Bier nahm. «Du wirkst heute anders.»
Lars zögerte. Er konnte Carlos nicht sagen, was wirklich in seinem Kopf vorging, konnte nicht erklären, wie der Anwalt, Paul, ihn aus der Bahn geworfen hatte.
«Ach, es ist nur das neue Projekt», log er. «Es wird eine Herausforderung.»
Carlos lachte.

«Seit wann schreckst du vor einer Herausforderung zurück? Das ist doch genau dein Ding!»

Lars erwiderte das Lachen, aber es erreichte seine Augen nicht. Er nahm einen Schluck von seinem eigenen Bier und versuchte, sich zu entspannen. Doch seine Gedanken kreisten weiterhin um Paul.

Was war es an diesem Mann, das ihn so beschäftigte?

Sie wechselten über zu anderen Themen, aber Lars' Geist war woanders. Er dachte an Pauls feste Stimme, seine sichere Haltung, und wie anders seine Welt zu sein schien. Lars fühlte sich in seinem gewohnten Umfeld sicher, doch Paul repräsentierte etwas Unbekanntes, etwas, das außerhalb seiner Erfahrung lag.

«Du bist heute wirklich mit den Gedanken woanders», bemerkte Carlos. «Wenn du über das Projekt reden willst, bin ich da.»

Lars schätzte Carlos' Angebot, aber er wusste, dass dies etwas war, was er allein durchstehen musste. Er musste verstehen, was diese Gefühle bedeuteten, musste herausfinden, warum Paul einen solchen Einfluss auf ihn hatte.

Als die Nacht hereinbrach, verabschiedete sich Lars von Carlos und machte sich auf den Weg nach Hause. Die Straßen waren ruhig, und die kühle Nachtluft klärte seine Gedanken ein wenig.

Er dachte darüber nach, wie sein Leben bisher verlaufen war, geradlinig und unkompliziert. Doch jetzt, mit Paul in seinem Leben, schien alles komplizierter, verwirrender.

Lars erreichte sein Apartment, eine bescheidene, aber gemütliche Unterkunft. Er schloss die Tür hinter sich und lehnte sich einen Moment dagegen. Er fühlte sich erschöpft, nicht nur körperlich, sondern auch emotional.

Die Begegnung mit Paul hatte etwas in ihm ausgelöst, etwas, das er nicht ignorieren konnte.

Er ging ins Bett, aber der Schlaf kam nicht leicht. Pauls Bild tauchte immer wieder in seinem Kopf auf, und mit ihm kamen Fragen, Zweifel und eine seltsame Art von Aufregung. Lars wusste, dass der morgige Tag Antworten bringen würde, doch er war sich nicht sicher, ob er bereit dafür war.

Paul lag in seinem Bett, die Dunkelheit des Zimmers umhüllte ihn wie ein stiller Zeuge seiner Gedanken. Der Tag hatte ihn mehr mitgenommen, als er zugeben wollte. Das Treffen mit Lars hatte etwas in ihm ausgelöst, eine Mischung aus Verwirrung und Neugier, die er nicht ignorieren konnte.

Er dachte an ihre kurze Unterhaltung am Ende des Tages. Lars' tiefe Stimme, seine ernsten Augen, und wie er so da stand, mit der untergehenden Sonne im Hintergrund. Paul hatte schon viele

Menschen getroffen, aber keiner hatte eine solche Präsenz wie Lars.

Die Stille des Zimmers wurde nur durch das leise Summen des Stadtlebens draußen unterbrochen. Paul drehte sich im Bett um, versuchte, eine bequeme Position zu finden, aber der Schlaf wollte nicht kommen. Seine Gedanken kreisten immer wieder um Lars und das, was dieser Mann in ihm auslöste.

Paul war sich seiner sexuellen Orientierung immer sicher gewesen und hatte nie gezögert, sie zu leben. Aber das hier war anders. Es war nicht nur körperliche Anziehung; es war ein tiefes Interesse an der Person Lars, an dem, was ihn ausmachte.

Er dachte an Sophies Worte zurück, an ihre Warnung, vorsichtig zu sein. Paul wusste, dass sie Recht hatte, dass berufliche und private Interessen manchmal nicht einfach zu trennen waren. Aber er konnte auch nicht leugnen, dass er mehr über Lars erfahren wollte.

Als die Uhr tief in die Nacht tickte, entschied Paul, dass er nicht länger im Bett liegen und grübeln wollte. Er stand auf, ging zu seinem Schreibtisch und schaltete die kleine Lampe ein. Vielleicht würde Arbeit ihm helfen, seine Gedanken zu ordnen.

Er nahm einige Akten und begann, sich durch sie zu arbeiten. Doch selbst hier, umgeben von den vertrauten Seiten voller juristischer Texte, fand er sich dabei wieder, wie er an Lars dachte.

Wie würde es morgen sein, wenn sie sich wiedersehen? Würde diese seltsame Anziehungskraft immer noch da sein?

Paul arbeitete bis in die frühen Morgenstunden, bis seine Augen müde wurden und er sich schließlich gezwungen sah, ins Bett zurückzukehren.

Er legte sich hin und schloss die Augen, und in der Stille der Nacht, zwischen

Wachsein und Schlaf, war es Lars' Bild, das ihn in seinen kurzen Träumen begleitete.

Kapitel 3

Lars fühlte sich wie in einem Nebel, als er an diesem Morgen die Baustelle betrat. Die Begegnung mit Paul am Vortag hatte eine Flut von Gefühlen und Fragen in ihm ausgelöst, die er nicht einordnen konnte.

Er wusste, dass er mit jemandem darüber sprechen musste, und der erste Gedanke, der ihm in den Sinn kam, war seine Schwester Elena.

Nach der Arbeit rief Lars Elena an und verabredete sich mit ihr in einem kleinen Café in der Nähe seiner Wohnung. Elena war nicht nur seine Schwester, sondern auch eine seiner engsten Vertrauten.

Als Lars ihr gegenübersaß, fand er sich in der ungewohnten Position wieder, über seine Gefühle zu sprechen. «Ich weiß nicht, was los ist, Lena», begann er zögerlich.

«Es gibt da diesen Mann, Paul. Er ist der Auftraggeber unseres Projekts. Irgendetwas an ihm… es verwirrt mich.»

Elena hörte aufmerksam zu. «Was verwirrt dich an ihm, Lars?», fragte sie sanft.

Lars kämpfte mit den Worten. «Es ist die Art, wie ich mich fühle, wenn ich bei ihm bin. Es ist anders, ich kann es nicht erklären. Ich habe so etwas noch nie gefühlt, schon gar nicht bei einem Mann.»

Elena legte ihre Hand auf seine. «Es ist in Ordnung, Lars. Gefühle sind manchmal verwirrend, aber sie sind auch ein Teil dessen, wer wir sind. Vielleicht ist das eine Gelegenheit für dich, etwas Neues über dich selbst zu erfahren.»

Lars nickte langsam, die Worte seiner Schwester verarbeitend. Er hatte immer gedacht, er wisse, wer er war, aber jetzt war er sich da nicht mehr so sicher.

«Aber was, wenn ich mich irre? Was, wenn das alles nur ein Missverständnis ist?», fragte er.

«Lass dir Zeit, Lars», antwortete Elena. «Es gibt keinen Grund zur Eile. Lerne Paul kennen, erforsche deine Gefühle. Das Wichtigste ist, dass du ehrlich zu dir selbst bist.»

Lars fühlte sich nach dem Gespräch mit Elena ein wenig leichter. Als er das Café verließ, spürte er, dass eine Last von seinen Schultern gefallen war. Er hatte noch einen langen Weg vor sich, aber zum ersten Mal seit langem fühlte er sich bereit, sich auf diesen Weg zu begeben.

In der Zwischenzeit hatte Paul ein Treffen mit seinem Mentor und Seniorpartner der Kanzlei, Herrn Fischer. Paul schätzte Herrn Fischers Weisheit und Erfahrung, besonders in komplizierten Rechtsangelegenheiten.

Doch heute fiel es ihm schwer, sich auf das Gespräch zu konzentrieren, seine

Gedanken wanderten immer wieder zu Lars. Paul hatte sich bislang in seiner Rolle innerhalb der LGBTQIA+-Gemeinschaft wohlgefühlt und war sich seiner Identität und seiner Beziehungen stets sicher gewesen.

Doch die Begegnung mit Lars, einem Mann aus einer völlig anderen Welt, brachte ihn dazu, seine bisherigen Vorstellungen zu hinterfragen.

Herr Fischer bemerkte Pauls Ablenkung und fragte besorgt: «Paul, ist alles in Ordnung? Du scheinst heute nicht ganz bei der Sache zu sein.»

Paul seufzte und entschied sich, ehrlich zu sein. «Es gibt da jemanden vom Bauprojekt, der mich beschäftigt… ein Mann namens Lars. Er ist so anders als die Menschen, mit denen ich normalerweise zu tun habe.»

Herr Fischer nickte und sah Paul nachdenklich an. «Beziehungen in der Arbeitswelt können kompliziert sein, Paul. Aber manchmal bringen sie uns

auch dazu, unsere Ansichten zu überdenken. Was ist es an diesem Mann, das dich so beschäftigt?»
Paul dachte einen Moment nach, bevor er antwortete. «Es ist die Art, wie ich mich fühle, wenn ich bei ihm bin. Er hat mich dazu gebracht, über meine üblichen Muster in Beziehungen nachzudenken, über die Art von Menschen, zu denen ich mich hingezogen fühle. Es ist verwirrend, aber auch aufregend.»
Herr Fischer lächelte sanft.
«Es ist gut, ab und zu unsere eigenen Muster zu hinterfragen, Paul. Das hält uns lebendig und offen für neues Wachstum. Denk nur daran, die Balance zu wahren und deine professionellen Verpflichtungen nicht zu vernachlässigen.»
Nach dem Treffen fühlte sich Paul nachdenklich, aber auch ermutigt. Herrn Fischers Worte hatten ihm geholfen, seine Gefühle in einen größeren Kontext zu setzen.

Er wusste, dass die Beziehung zu Lars komplex und möglicherweise problematisch sein könnte, doch er konnte auch nicht leugnen, dass sie ihn dazu brachte, über Aspekte seines Lebens nachzudenken, die er bisher nicht in Frage gestellt hatte.

Kapitel 4

Zufälligerweise führten die Wege von Lars und Paul am nächsten Tag in dasselbe Café in der Nähe der Baustelle. Lars war dort, um einen schnellen Kaffee zu holen, und Paul, um einer kurzen Besprechung mit einem Klienten zu entkommen. Ihr Blick traf sich, und für einen Moment stand die Zeit still.

Paul war der Erste, der sich erholte. «Lars, das ist eine Überraschung», sagte er und lächelte. «Darf ich mich zu dir setzen?»

Lars, überrascht und etwas unsicher, nickte. «Klar, kein Problem.»

Als Paul sich setzte, entstand eine kurze Stille. Beide Männer waren sich der Spannung zwischen ihnen bewusst, wussten aber nicht, wie sie sie ansprechen sollten.

«Danke nochmal für die Führung gestern», begann Lars. «Es war interessant, deine Sicht auf das Projekt zu hören.»
Paul war erfreut über Lars' Interesse. «Ich bin froh, dass es dir gefallen hat. Ich finde es wichtig, dass alle Beteiligten auf derselben Seite sind.»
Das Gespräch entwickelte sich langsam, und bald fanden sie sich in einer lebhaften Unterhaltung wieder. Sie sprachen über das Bauprojekt, aber auch über andere Themen - Musik, Filme, ihre unterschiedlichen Hintergründe. Lars fand, dass es angenehm war, sich mit Paul zu unterhalten, und war überrascht, wie viel sie gemeinsam hatten.
Paul seinerseits fühlte sich von Lars' Ehrlichkeit und Direktheit angezogen. Es war erfrischend, jemanden zu treffen, der so anders war als die Menschen in seiner üblichen Umgebung.
Als sie ihr Gespräch beendeten, stand Paul zuerst auf.

«Ich sollte zurück zur Arbeit», sagte er. «Aber es war schön, mit dir zu sprechen, Lars.»

«Ja, für mich auch», erwiderte Lars und lächelte.

Als Paul das Café verließ, spürte er ein warmes Gefühl in seiner Brust.

Lars blieb noch einen Moment sitzen und dachte über das Gespräch nach. Er war überrascht, wie leicht es ihm gefallen war, mit Paul zu reden, und wie angenehm es gewesen war.

In der Zwischenzeit ging Paul zurück zu seiner Arbeit, aber er fand es schwierig, sich zu konzentrieren. Das Treffen mit Lars hatte einen starken Eindruck hinterlassen. Paul spürte, dass Lars ihn sah, nicht den Anwalt oder den Aktivisten, sondern einfach ihn als Person.

Lars war den Rest des Tages gefangen in einem Wirrwarr aus Gefühlen und Gedanken. Er arbeitete mechanisch, aber sein Geist war bei dem Gespräch im Café, bei Pauls Lächeln und seiner ruhigen, aber bestimmten Art zu sprechen. Lars erkannte, dass seine Anziehung zu Paul mehr als nur physisch war; es war eine Verbindung auf einer tieferen Ebene.

Als Paul in seinem Büro saß und auf die untergehende Sonne blickte, ließ er den Tag Revue passieren. Das Treffen mit Lars hatte ihm gezeigt, dass es in der Welt mehr gibt, als er bisher angenommen hatte. Paul fühlte sich, als ob er an der Schwelle zu einem neuen Kapitel seines Lebens stand, unsicher, wohin es ihn führen würde, aber aufgeregt über die Möglichkeiten.

Lars kam an diesem Abend nachdenklich nach Hause. Er wusste, dass er sich den Gefühlen, die Paul in ihm auslöste, stellen musste. Es war eine Reise, die er nie erwartet hatte zu machen, aber jetzt, wo sie begonnen hatte, konnte er nicht mehr zurück.

Paul und Lars lagen beide in ihren Betten, getrennt durch die Stadt, aber verbunden durch ihre Gedanken. Beide wussten, dass das, was zwischen ihnen geschah, nicht ignoriert werden konnte. Es war ein Pfad, den keiner von ihnen geplant hatte zu gehen, aber jetzt, da sie sich darauf befanden, waren sie bereit, zu sehen, wohin er sie führte.

Am nächsten Morgen lehnte Herr Wagner nach einem kurzen Besuch von Paul, der ein paar Anweisungen durchgegeben hatte, sich an einen Tisch und sprach mit einem spöttischen Unterton.

«Also, Jungs, wie ihr gesehen habt, haben wir jetzt diese ‚Experten‘ von oben, die uns sagen wollen, wie wir unsere Arbeit zu machen haben.»

Lars, der neben Carlos stand, spürte eine unangenehme Anspannung in der Luft. Er warf einen Blick auf die anderen Arbeiter, die teils zustimmend nickten, teils unsicher wirkten.

«Diese Anzugträger, wie dieser Paul, sie kommen hierher, ohne jemals einen Hammer in der Hand gehalten zu

haben», fuhr Herr Wagner fort. «Sie denken, sie können die Realität des Bauens durch ihre glänzenden Präsentationen ersetzen. Und schwul ist der auch noch, das hat man ja gemerkt. Die taugen doch alle nix.»
Lars fühlte sich unwohl bei diesen Worten. Seit seiner Begegnung mit Paul sah er viele Dinge anders. Paul hatte zwar keinen direkten Bezug zum Baugewerbe, aber er hatte Respekt und ein echtes Interesse an der Arbeit der Arbeiter gezeigt.
«Ich glaube, es ist wichtig, dass wir allen Perspektiven eine Chance geben», warf Lars vorsichtig ein, bemüht, seine wachsende Nähe zu Paul nicht zu offenbaren. «Paul bringt neue Ideen ein, die für das Projekt nützlich sein könnten.»
Herr Wagner drehte sich zu Lars um, sein Blick scharf. «Oh, verteidigen wir jetzt die Homos?», fragte er spöttisch. «Ich hoffe, du vergisst nicht, auf wel-

cher Seite du stehst, Lars. Wir brauchen keine ‚neuen Ideen‘, die uns von Leuten aufgezwungen werden, die noch nie einen Tag auf einer Baustelle gearbeitet haben.»

Lars spürte, wie die Blicke der anderen Arbeiter auf ihm ruhten. Er hielt Herrn Wagners Blick stand, entschlossen, aber ruhig.

«Ich glaube, Zusammenarbeit und gegenseitiger Respekt sind der Schlüssel zum Erfolg eines Projekts. Wir alle haben dasselbe Ziel.»

Herr Wagner schnaubte verächtlich und wandte sich ab, aber Lars wusste, dass diese Auseinandersetzung die Spannungen zwischen ihnen nur verschärft hatte.

Er war sich bewusst, dass seine Verteidigung Pauls in diesem rauen Umfeld als Parteinahme angesehen werden könnte. Doch in seinem Inneren wusste er, dass es richtig war, für Respekt und Offenheit einzustehen.

Kapitel 5

Paul saß in seinem Büro, die untergehende Sonne warf lange Schatten durch das Fenster. Er hatte den ganzen Tag über seine Gefühle für Lars nachgedacht und war zu einem Entschluss gekommen. Es war ein Risiko, aber eines, das er bereit war einzugehen. Mit einem tiefen Atemzug griff Paul zum Telefon und wählte Lars' Nummer.
Als Lars dranging, zögerte Paul einen Moment, bevor er sprach.
«Lars, ich… ich habe über die letzten Tage nachgedacht. Und ich würde dich gerne außerhalb der Arbeit treffen. Nur wir beide, vielleicht zum Abendessen?»
Lars war einen Moment lang still, und Paul spürte, wie die Spannung durch das Telefon kroch.
Dann antwortete Lars: «Ja, ich denke, das wäre gut. Wann hast du gedacht?»

«Freitag Abend?», schlug Paul vor, sein Herz klopfte ihm dabei bis zum Hals.

«Freitag ist gut», bestätigte Lars, und Paul konnte fast das Lächeln in seiner Stimme hören.

Nachdem sie aufgelegt hatten, lehnte sich Paul in seinem Stuhl zurück. Er hatte das Gefühl, einen großen Schritt gemacht zu haben, aber auch ein wenig Angst vor dem, was kommen könnte.

Er wusste, dass ein Date mit Lars mehr war als nur ein einfaches Abendessen. Es war ein Schritt in unbekanntes Terrain, sowohl emotional als auch in Bezug auf seine Karriere.

In der Zwischenzeit stand Lars in seiner Wohnung und starrte auf sein Telefon. Er war überrascht von Pauls Einladung, aber auch neugierig. Ein Teil von ihm war begeistert über die Möglichkeit, Paul in einem anderen Umfeld zu sehen, aber ein anderer Teil hatte Angst vor den ungewissen Gefühlen, die in ihm brodelten.

Lars wusste, dass er mit jemandem darüber sprechen musste, und die erste, die ihm in den Sinn kam, war wieder seine Schwester Elena. Sie war seine Vertraute und hatte ihm schon oft durch schwierige Zeiten geholfen. Er beschloss, sie am nächsten Tag zu treffen, um gemeinsam mit ihr seine Gedanken und Gefühle zu ordnen.

Paul verbrachte den Rest des Abends damit, über das bevorstehende Date nachzudenken. Er überlegte, wohin er Lars einladen sollte, was sie sprechen könnten, und was dieses Date für ihre Zukunft bedeuten könnte.

Kapitel 6

Am nächsten Tag traf sich Lars mit seiner Schwester Elena in ihrem Lieblingscafé. Die Sonne schien durch die Fenster und tauchte den Raum in warmes Licht. Lars fühlte sich angespannt, als er sich zu Elena setzte. Er wusste, dass er über die Einladung von Paul und seine gemischten Gefühle sprechen musste.

Elena merkte sofort, dass etwas in der Luft lag. «Was ist los, Lars?», fragte sie, während sie einen Schluck ihres Kaffees nahm.

Lars atmete tief durch und erzählte ihr von Pauls Einladung zum Abendessen.

«Ich weiß nicht, was ich davon halten soll, Lena. Einerseits freue ich mich darauf, andererseits macht es mich nervös.»

Elena lächelte sanft.

«Das ist doch normal, Lars. Es ist etwas Neues für dich. Aber ich denke, es ist gut, dass du dich darauf einlässt. Es ist eine Chance, Paul besser kennenzulernen und vielleicht auch mehr über dich selbst zu erfahren.»

Lars nickte nachdenklich. Elena hatte recht. Er musste diese Gelegenheit nutzen, um herauszufinden, was er wirklich fühlte.

«Aber was, wenn ich etwas falsch mache? Was, wenn ich nicht weiß, wie ich damit umgehen soll?»

«Lass es einfach auf dich zukommen, Lars», riet Elena. «Sei du selbst, das ist das Wichtigste. Und denk daran, es geht nicht darum, alles perfekt zu machen. Es geht darum, ehrlich zu dir selbst zu sein.»

Lars fühlte sich nach dem Gespräch mit Elena erleichtert. Sie hatte ihm die Zuversicht gegeben, die er brauchte, um sich auf das Date einzulassen.

Der Rest des Tages verlief für Lars in einem Nebel aus Gedanken und Spekulationen über das bevorstehende Treffen mit Paul. Er war gespannt, aber auch nervös, was der Abend bringen würde.

Im gedämpften Licht des Restaurants fanden sich Lars und Paul zu einem intimen Tisch in der Ecke. Nachdem sie ihre Bestellungen aufgegeben hatten, begannen sie ein Gespräch, das zunächst von leichten Themen geprägt war.

«Sag, wie ist es, den ganzen Tag auf einer Baustelle zu arbeiten?», fragte Paul interessiert.

Lars lächelte.

«Es ist hart, aber erfüllend. Jeden Tag etwas Neues zu bauen, das Gefühl, Teil von etwas Großem zu sein. Und bei dir? Wie ist es, Anwalt zu sein?»

«Es ist herausfordernd, aber ich liebe die Komplexität des Rechts. Jeder Fall ist wie ein Puzzle», erwiderte Paul.

«Und was machst du in deiner Freizeit?», fragte Lars.

«Ich lese gerne, höre Musik, und ich
engagiere mich in der LGBTQIA+-Ge-
meinschaft», sagte Paul. «Es ist mir
wichtig, etwas zurückzugeben.»
Lars nickte anerkennend.

«Das ist beeindruckend. Ich verbringe
meine Freizeit meistens mit meiner
Schwester oder beim Wandern. Ich
liebe die Natur.»

Das Gespräch floss natürlich, und sie
fanden immer mehr Gemeinsamkeiten.
Als das Essen kam, waren sie bereits in
eine angeregte Diskussion über ihre
Lieblingsfilme vertieft.

«Also, Blade Runner ist dein Lieblingsfilm?», lachte Lars. «Ich hätte dich eher
für einen Kunstfilm-Typen gehalten.»
Paul schmunzelte.

«Ich überrasche gerne. Und du? Was ist
dein Lieblingsfilm?»

«Die Verurteilten», antwortete Lars. «Er
geht um Hoffnung und Durchhaltever-

mögen. Eigenschaften, die ich bewundere.»

Als das Abendessen zu Ende ging, zögerte Paul einen Moment, bevor er sprach. «Ich hatte einen wirklich schönen Abend, Lars. Ich würde das gerne wiederholen.»

Lars lächelte, seine Augen funkelten. «Ich auch, Paul. Ich auch.»

Kapitel 7

Lars war früh am Morgen auf der Baustelle, als der Baumeister, Herr Wagner, ihn zu einem ernsten Gespräch beiseitenahm. Die kühle Morgenluft war erfüllt von dem Lärm der Maschinen und dem geschäftigen Treiben der Arbeiter, doch in diesem Moment schien alles stillzustehen.

«Lars, ich muss mit dir reden», begann Herr Wagner, seine Miene ernst und unerbittlich. «Es sind Gerüchte zu mir gedrungen, dass du dich privat mit einem unserer Kunden triffst. Mit diesem… Anwalt.»

Lars spürte, wie sich seine Magengegend zusammenzog. «Ja, ich habe mich mit Herrn Schneider getroffen, aber…»

Herr Wagner unterbrach ihn grob. «Hör zu, ich will nicht, dass du dich mit dieser Tucke triffst. Es sieht schlecht für uns aus und könnte dem Unternehmen schaden.»

Lars war schockiert über die offene Homophobie in Herrn Wagners Worten und die Tatsache, dass er Paul so abwertend bezeichnete.

«Es ist doch meine Privatsache, mit wem ich mich treffe», erwiderte Lars, seine Stimme zitterte vor Ärger.

«Dein Privatleben ist mein Problem, wenn es die Firma betrifft», entgegnete Herr Wagner. «Ich warne dich, Lars. Wenn du weiterhin Kontakt zu ihm hast, könnte das ernsthafte Konsequenzen für deine Anstellung hier haben.»

Lars stand da, unfähig zu glauben, was er gerade hörte. Er hatte geahnt, dass seine Beziehung zu Paul Aufmerksamkeit erregen könnte, aber diese direkte und feindselige Reaktion hatte er nicht erwartet.

Als Herr Wagner ging, fühlte sich Lars benommen und verloren. Er war sich sicher, dass die Ablehnung weniger mit der Kundenbeziehung als vielmehr mit Pauls Geschlecht zu tun hatte. Der Gedanke, dass seine Gefühle für Paul nicht nur seine Beziehung, sondern auch seine Karriere gefährden könnten, war erschreckend.

Lars wusste, dass er eine Entscheidung treffen musste.

Sollte er seine Gefühle für Paul aufgeben, um seinen Job zu sichern?

Oder sollte er für das, was er fühlte, einstehen, auch wenn es bedeutete, alles zu riskieren?

Der Rest des Tages verging wie in einem Nebel. Lars konnte sich kaum auf seine Arbeit konzentrieren, seine Gedanken kreisten immer wieder um das Gespräch mit Herrn Wagner und die möglichen Folgen seiner Entscheidung.

Kapitel 8

Nach dem Gespräch mit Wagner fühlte sich Lars isoliert und verunsichert. Er entschied sich, Paul vorerst nichts von der Konfrontation zu erzählen. Stattdessen zog er sich zurück und vermied jeglichen persönlichen Kontakt mit Paul, was ihn innerlich zerriss.

Paul bemerkte schnell Lars' plötzliches distanziertes Verhalten. Anrufe und Nachrichten blieben unbeantwortet, und geplante Treffen wurden von Lars abgesagt. Paul war verwirrt und verletzt, da er keine Erklärung für diese plötzliche Veränderung hatte.

In seiner Verzweiflung suchte Lars Rat bei seinem langjährigen Kollegen Carlos. Sie trafen sich nach der Arbeit in einer abgelegenen Ecke der Baustelle, wo Lars ihm von der Drohung des Baumeisters erzählte.

«Du musst vorsichtig sein, Lars», warnte Carlos. «Hier auf der Baustelle kursieren viele Gerüchte und Vorurteile. Es wäre vielleicht das Beste, wenn du dich von Paul fernhältst, um deinen Job nicht zu gefährden.»
Lars spürte, wie ihn die Worte von Carlos wie ein Schlag in den Magen trafen. Er hatte gehofft, Unterstützung zu finden, stattdessen fühlte er sich noch isolierter. Die Vorstellung, Paul aufgeben zu müssen, war schmerzhaft, aber der Gedanke, seinen Job zu verlieren, war ebenso beängstigend.
«Es ist nicht so einfach», gestand Lars. «Ich habe Gefühle für Paul. Ich kann das nicht einfach abstellen.»
Carlos legte ihm eine Hand auf die Schulter.
«Ich verstehe, aber manchmal muss man im Leben harte Entscheidungen treffen. Denk an deine Zukunft, Lars.»
Lars verließ das Gespräch mit Carlos noch verwirrter als zuvor. Er fühlte sich

hin- und hergerissen zwischen seinem Herz und der harten Realität seines Berufslebens. Die Angst, seinen Job zu verlieren, war real, aber die Vorstellung, Paul aus seinem Leben zu streichen, schien ihm unerträglich.

Paul fühlte sich zunehmend ausgeschlossen und besorgt. Er wusste, dass etwas nicht stimmte, aber ohne Erklärung von Lars blieb er im Dunkeln.

Er entschied sich, Lars an der Baustelle aufzusuchen. Als er ankam, war Lars jedoch nirgends zu sehen. Stattdessen traf er auf den Baumeister, Herrn Wagner.

«Kann ich Ihnen helfen?», fragte Herr Wagner mit einer kühlen Höflichkeit, als er Paul sah. Seine Miene verriet jedoch eine unterschwellige Abneigung.

«Ich bin auf der Suche nach Lars», erklärte Paul. «Wir haben... etwas zu besprechen.»

Herr Wagner zögerte einen Moment, dann antwortete er: «Lars ist heute früher gegangen. Glaube, er hat eine Verabredung mit einer Frau.» Er betonte das Wort Frau besonders. «Wenn es um das Projekt geht, können Sie sicher mit mir sprechen.»

Paul spürte die angespannte Atmosphäre. «Nein, es ist eine private Angelegenheit. Aber danke für das Angebot.»

Herr Wagner nickte knapp, vermied dabei jedoch jeden direkten Blickkontakt.

Traurig verließ Paul die Baustelle. Eine Verabredung mit einer Frau? Eine Freundin? Oder vielleicht auch jemand aus Lars' Familie. Vielleicht war es ja etwas Harmloses?

Nachdenklich ging er in sein Büro zurück. Die Begegnung mit Wagner und dessen abweisende Haltung hatten ihn tief getroffen.

Kapitel 9

Paul saß an seinem Schreibtisch, verloren in seinen Gedanken über Lars. Er konnte nicht glauben, dass Lars plötzlich das Interesse an ihm verloren haben sollte, besonders nach den intensiven Momenten, die sie miteinander geteilt hatten.

Er rief bei Sophie an.

«Was soll ich machen, Sophie? Das ist alles so merkwürdig.»

«Ach Paul, ich hab befürchtet, dass das Ganze schwierig werden könnte. Ein Bauarbeiter. Noch dazu hetero. Könnte sein, dass er sich auch einfach nur mit einer Frau trifft, um zu testen, was er bei ihr empfindet.»

Sie seufzte.

«Vielleicht solltest du einfach zu ihm gehen und mit ihm reden. Das ist doch immer schon das Beste. Wer weiß, was los ist. Es klärt sich bestimmt auf.»

Währenddessen war Lars zu Hause und kämpfte mit seinen Gedanken und Emotionen. Die Warnung des Baumeisters und Carlos' Rat hatten ihn in eine tiefe innere Krise gestürzt. Er fühlte sich zerrissen zwischen seinen Gefühlen für Paul und der Angst, seinen Job zu verlieren.

Lars grübelte darüber nach, wie er mit der Situation umgehen sollte. Er wusste, dass er Paul gegenüber ehrlich sein musste, aber gleichzeitig fürchtete er die Konsequenzen, die ein offenes Bekenntnis zu seinen Gefühlen haben könnte. Die Vorstellung, Paul zu verlieren, schmerzte ihn, aber die Angst vor beruflicher Unsicherheit lähmte ihn.

In dieser Nacht fanden weder Lars noch Paul Schlaf. Jeder war gefangen in seinem eigenen Wirrwarr aus Gefühlen und Ängsten. Die Beziehung, die einmal voller Hoffnung und Möglichkeiten gewesen war, stand nun vor einer schweren Prüfung.

Paul fasste schließlich einen Entschluss. Er würde auf Sophie hören und am nächsten Tag zu Lars gehen und eine klare Antwort suchen. Er konnte diese Ungewissheit nicht länger ertragen und war bereit, für ihre Beziehung zu kämpfen.

Lars seinerseits lag wach und überlegte, wie er Paul gegenübertreten sollte. Er wusste, dass er eine Entscheidung treffen musste, eine, die sein Leben für immer verändern könnte.

Kapitel 10

Paul stand vor Lars' Tür, sein Herz klopfte heftig in seiner Brust. Er hatte sich den ganzen Weg über seine Worte zurechtgelegt, aber jetzt, da er hier stand, schienen sie ihm zu entgleiten. Er atmete tief durch und klopfte an die Tür.

Lars öffnete, und für einen kurzen Moment standen sie sich schweigend gegenüber. Paul sah die Anspannung in Lars' Augen und spürte, dass etwas nicht stimmte.

«Können wir reden?» Paul trat ein, als Lars ihn hereinbat.

Sie setzten sich ins Wohnzimmer, eine spürbare Spannung zwischen ihnen.

Paul brach das Schweigen: «Was ist los? Du hast dich zurückgezogen, und ich verstehe nicht warum.»

Lars sah Paul an, seine Augen voller innerer Konflikte. «Es ist nicht leicht zu erklären. Es gibt Probleme auf der Baustelle… wegen unserer Beziehung.»

Paul spürte, wie ein Knoten in seinem Magen sich zusammenzog. «Was für Probleme?»

Lars atmete tief durch.

«Wagner hat mich konfrontiert. Er hat angedeutet, dass meine Beziehung zu dir ein Problem für das Unternehmen darstellt. Er drohte sogar mit meiner Entlassung.»

Paul war schockiert.

«Das ist Diskriminierung, Lars. Das können wir nicht einfach so stehen lassen.»

Lars schüttelte den Kopf.

«Ich weiß, aber ich kann es mir nicht leisten, meinen Job zu verlieren. Und ich möchte auch nicht, dass du in diesen Konflikt hineingezogen wirst.»

Paul legte seine Hand auf Lars' Arm.

«Ich bin schon mittendrin, Lars. Wir sind das zusammen. Wir finden einen Weg. Ich war gestern dort, um mit dir zu sprechen, da meinte er, du hättest eine Verabredung mit einer Frau.»

«Einer Frau? Dieser Arsch. Ja, ich gebe zu, ich bin hin und hergerissen, aber das würde ich nicht tun.»

«Das habe ich mir schon gedacht. Darum bin ich hier. Um mit dir zu reden.»

Lars begann, sich zu öffnen und Paul von seinen Erfahrungen auf der Baustelle zu erzählen. Er sprach von den alltäglichen Gesprächen unter den Arbeitern, von der rauen Art des Umgangs miteinander und davon, wie oft Witze über Homosexualität gemacht wurden.

«Ich habe mich immer unwohl gefühlt, wenn solche Gespräche geführt wurden», gestand Lars. «Aber ich habe nie etwas gesagt. Ich wollte nicht auffallen oder anders sein.»

Paul hörte aufmerksam zu, sein Herz wurde schwer bei Lars' Worten.

«Das muss sehr hart für dich gewesen sein, in solch einer Umgebung zu arbeiten.»

Lars nickte langsam.

«Es war, als ob ich ständig eine Maske tragen müsste. Ich hatte einige Beziehungen zu Frauen, aber es war nie wirklich das, was ich wollte. Es war mehr so, wie es von mir erwartet wurde.»

Paul legte seine Hand auf die von Lars.

«Und dann kam ich?»

Lars sah Paul direkt an.

«Ja. Mit dir war es anders. Zum ersten Mal fühlte ich etwas Echtes, etwas Tiefes. Aber ich hatte Angst, Angst vor den Konsequenzen, Angst, meinen Job zu verlieren.»

Paul verstand jetzt besser, wie komplex Lars' Situation war. Es ging nicht nur um die Beziehung zu ihm, sondern auch um Lars' Auseinandersetzung mit seiner eigenen Identität und den Erwartungen seiner Arbeitsumgebung.

Nach einer Weile des Schweigens, in der beide ihre Gedanken ordneten, brach Paul die Stille.

«Lars, als Anwalt muss ich sagen, dass wir gegen die Diskriminierung durch Wagner vorgehen könnten. Das, was er tut, ist nicht nur unfair, es ist auch illegal.»

Lars hörte aufmerksam zu, aber in seinen Augen lag eine Spur von Zögern.

«Ich weiß, Paul, und ich schätze dein Angebot wirklich. Aber ich möchte keinen Ärger. Ich will nicht, dass sich alles in die Länge zieht und noch mehr Aufmerksamkeit auf mich zieht.»

«Aber Lars, du kannst dich nicht einfach diskriminieren lassen. Du hast Rechte, und wir könnten dafür sorgen, dass sie respektiert werden.»

Lars seufzte und blickte aus dem Fenster.

«Ich verstehe, was du sagst. Aber nicht alle meine Kollegen sind schlecht.

Einige sind wirklich gute Leute, und ich will nicht, dass sie wegen mir in Schwierigkeiten geraten. Ich möchte einfach nur… weitermachen.»

Paul erkannte die Komplexität von Lars' Gefühlen und die Schwierigkeit, sich in seiner Situation zu behaupten. Er beschloss, das Thema vorerst ruhen zu lassen, da er Lars nicht weiter unter Druck setzen wollte.

Nach einer kurzen Pause fing Lars wieder an zu sprechen.

«Weißt du, Paul, ich habe schon eine Weile darüber nachgedacht, mich selbständig zu machen. Es war immer nur ein Traum. Ich hatte auch Angst vor den Risiken, die damit verbunden sind, aber jetzt… jetzt denke ich, dass es vielleicht der richtige Weg für mich ist.»

Pauls Augen hellten sich auf.

«Das ist eine großartige Idee, Lars. Du hast das Talent und das Know-how. Ich kann mir gut vorstellen, dass du sehr erfolgreich sein wirst.»

Lars lächelte leicht.

«Ich habe lange gebraucht, um das zu realisieren. Aber ich denke, es ist Zeit, mein eigenes Ding zu machen. Ich will nicht mehr in einer Umgebung sein, in der ich mich verstecken muss.»

Paul sah Lars an, eine Mischung aus Bewunderung und Zuneigung in seinem Blick.

«Ich bin bei dir, Lars. Wir schaffen das zusammen.»

Die Nacht war weit fortgeschritten, als Lars und Paul noch immer im Wohnzimmer saßen, umgeben von der Wärme ihres Gesprächs und der Pläne für die Zukunft. Sie hatten Stunden damit verbracht, Möglichkeiten zu diskutieren und Visionen zu entwerfen, wie Lars' Traum von einer eigenen Baufirma Wirklichkeit werden könnte.

«Du weißt, dass das nicht einfach wird, oder?», sagte Paul nachdenklich. «Eine eigene Firma zu gründen, bedeutet viel Arbeit und Unsicherheit.»

Lars nickte.

«Ich weiß. Aber es fühlt sich richtig an. Immerhin habe ich dafür Rücklagen gebildet. Und mit deiner Unterstützung… ich glaube, ich kann das schaffen.»

Paul lächelte.

«Du wirst nicht nur meine Unterstützung haben, sondern auch meine Bewunderung. Du machst einen großen Schritt, und ich bin stolz, an deiner Seite zu sein.»

In diesem Moment fühlten sie beide eine tiefe Verbindung und ein starkes Gefühl der Partnerschaft. Es war, als ob sie gemeinsam einen neuen Anfang machten, nicht nur in ihrer Beziehung, sondern auch in ihren beruflichen Leben.

Die Nähe, die sie in dieser Nacht teilten, war erfüllt von einer Leidenschaft, die tief aus ihren Herzen kam. Es war eine Leidenschaft, die nicht nur aus körperlichem Verlangen geboren wurde, sondern auch aus einer tiefen seelischen Verbindung. Jede Berührung war ein Wort in dem leisen Gedicht, das sie gemeinsam schrieben, eine Ode an die Liebe, die sie fanden und die sie gegen alle Widrigkeiten verteidigen würden.

Als sie später, eng umschlungen, in den Schlaf glitten, waren sie umhüllt von einem Gefühl der Vollständigkeit. In dieser Nacht hatten sie nicht nur ihre Körper, sondern auch ihre Seelen vereint, und sie erwachten mit der Gewissheit, dass sie zusammen alles überwinden könnten.

Kapitel 11

In der stillen Atmosphäre des frühen Morgens, nachdem die Sonne gerade begonnen hatte, das Zimmer mit sanftem Licht zu füllen, saßen Lars und Paul zusammen am Küchentisch. Ihre Tassen dampften vor ihnen, während sie Pläne für die Zukunft machten.

«Was ist mit deinem aktuellen Job?», fragte Paul vorsichtig.

Lars nahm einen Schluck Kaffee.

«Ich werde vorerst weitermachen. Es ist das Beste, wenn ich meine Beziehung zu dir erstmal für mich behalte. Ich möchte keinen Ärger mit Wagner.»

Paul nickte, obwohl er Bedenken hatte.

«Ich verstehe. Es ist wichtig, dass wir klug vorgehen. Aber ich bin hier, um dich zu unterstützen, in jeder Hinsicht.»

Als Lars später auf der Baustelle ankam, war er erfüllt von einem neuen Sinn für Zweck und Entschlossenheit.

Er war entschlossen, seine Arbeit gut zu machen, aber gleichzeitig freute er sich auf den Tag, an dem er seine eigenen Wege gehen konnte.

Die Tage auf der Baustelle vergingen für Lars in einem gleichförmigen Rhythmus aus Arbeit und Überlegungen zu seiner Zukunft. Er fand Trost in der Routine, aber sein Herz und seine Gedanken waren immer bei Paul und dem Traum von ihrer gemeinsamen Zukunft.

Eines Nachmittags, nach der Arbeit, traf sich Lars mit Elena in einem kleinen Café. Sie saßen an einem abgelegenen Tisch, umgeben von dem sanften Gemurmel anderer Gäste. Lars erzählte Elena von seinen Plänen zur Selbstständigkeit und von seiner Beziehung zu Paul.

Elena hörte aufmerksam zu und lächelte.

«Ich habe mir schon immer gedacht, dass du vielleicht Männer magst. Ich wollte dich aber nie zu etwas drängen. Ich bin so glücklich, dass du Paul gefunden hast.»

Lars blickte sie dankbar an.

«Es fühlt sich richtig an, Elena. Mit Paul an meiner Seite habe ich das Gefühl, dass ich alles schaffen kann.»

Elena nahm seine Hand.

«Und du wirst es schaffen, Lars. Ich weiß, dass du großartige Dinge erreichen wirst.»

Während sie sprachen, fühlte sich Lars gestärkt durch die Unterstützung seiner Schwester. Es war ein beruhigendes Gefühl, jemanden in seiner Familie zu haben, der ihn bedingungslos unterstützte.

Kapitel 12

Am nächsten Tag auf der Baustelle näherte sich Carlos Lars während der Mittagspause.

«Lars, kann ich kurz mit dir reden?», fragte er ernst.

Lars nickte und folgte Carlos zu einer ruhigen Ecke des Geländes. Carlos sah Lars direkt an.

«Ich habe über unser letztes Gespräch nachgedacht. Ich war nicht fair zu dir. Es tut mir leid.»

Lars war überrascht, aber auch erleichtert über Carlos' Worte.

«Danke, Carlos. Das bedeutet mir viel.»

Carlos lächelte schüchtern.

«Ich möchte Paul kennenlernen. Er muss etwas Besonderes sein, wenn er dich so glücklich macht.»

Lars lächelte breit.

«Das ist er definitiv. Ich werde es einrichten.»

Nachdem Carlos Lars seine Unterstützung angeboten hatte, blieb er noch einen Moment nachdenklich stehen.

«Lars, es gibt etwas, das ich dir erzählen möchte», begann er langsam. «Früher hatte ich Schwierigkeiten, Menschen wie… nun, wie Paul zu akzeptieren. Ich wuchs in einer Umgebung auf, in der solche Dinge nicht besprochen wurden. Aber im Laufe der Jahre, vor allem durch die Arbeit hier, habe ich gelernt, dass Vorurteile nur Mauern sind, die uns trennen.»

Carlos blickte in die Ferne, sichtlich in seinen Erinnerungen verloren.

«Mein Bruder outete sich als schwul, als wir noch sehr jung waren. Unsere Familie hat ihn dafür verstoßen. Es hat Jahre gedauert, bis ich verstand, wie falsch das war. Er ist immer noch mein Bruder, und ich liebe ihn.»

Lars sah Carlos an, überrascht von dieser Offenbarung. Carlos fuhr fort: «Deshalb, Lars, möchte ich dir helfen.

Ich habe gesehen, was Intoleranz anrichten kann, und ich will nicht, dass jemand anderes das durchmachen muss.»

Einige Tage später traf sich Lars mit Paul nach der Arbeit. Sie saßen in Pauls Wohnung, umgeben von der Gemütlichkeit des gemeinsamen Raums. Lars erzählte Paul von seinem Gespräch mit Elena und der unerwarteten Unterstützung durch Carlos.

«Es fühlt sich gut an, zu wissen, dass nicht alle gegen uns sind», sagte Lars, während er eine Tasse Tee in den Händen hielt.

Das Gespräch wandte sich dann Lars' Plänen für seine Selbstständigkeit zu.

«Ich habe sogar schon einige potenzielle Projekte im Auge», sagte Lars. «Es gibt so viel zu tun, aber ich bin bereit für die Herausforderung.»

Paul legte seine Hand auf Lars' Arm.

«Ich habe keinen Zweifel daran, dass du erfolgreich sein wirst. Und ich werde dich bei jedem Schritt unterstützen.»

Am Ende des Abends beschlossen sie, dass es an der Zeit war, Carlos einzuladen, um Paul kennenzulernen. Lars war gespannt, wie die beiden miteinander auskommen würden, aber er hatte ein gutes Gefühl dabei.

Kapitel 13

Einige Tage später kehrte die Routine auf der Baustelle zurück. Lars arbeitete wie gewohnt, aber mit einem neuen Gefühl der Entschlossenheit im Herzen. Er war bereit, sich den Herausforderungen zu stellen, die vor ihm lagen, und seine Zukunft aktiv zu gestalten. Während der Mittagspause auf der Baustelle sammelten sich die Arbeiter zu ihrer üblichen Runde. Das Gespräch drehte sich locker um Fußball, das Wetter und die Arbeit, bis einer der Arbeiter, Frank, einen Witz über Homosexuelle machte. Einige lachten, andere rollten nur mit den Augen. Der Baumeister, Herr Wagner, der sich in der Nähe befand, hörte den Witz und lachte laut auf. «Ihr habt ja so recht. Diese Homos sind überall. Man muss echt aufpassen, dass

man nicht von einem angesteckt wird!»,
sagte er mit einem spöttischen Grinsen.

Lars, der bisher still dabeigestanden
hatte, spürte, wie sich Wut in ihm auf-
baute.

«Das ist nicht lustig», sagte er plötzlich,
seine Stimme fest und klar.

Die Gruppe verstummte, und alle
Blicke richteten sich auf Lars. Herr
Wagner sah ihn überrascht an.

«Was hast du gesagt, Lars?»

«Ich sagte, das ist nicht lustig. Solche
Witze sind respektlos und verletzend»,
erwiderte Lars.

Seine Kollegen sahen ihn überrascht an,
in einigen Gesichtern war die Anerken-
nung zu sehen.

Herr Wagner lachte höhnisch.

«Ach komm schon, Lars. Das war doch
nur ein Spaß. Seit wann bist du denn so
empfindlich?»

Lars trat einen Schritt vor.

«Es ist kein Spaß, wenn es auf Kosten
anderer geht. Homophobie hat keinen

Platz auf dieser Baustelle oder irgendwo sonst.»

Einige der Arbeiter murmelten zustimmend, andere sahen unbehaglich zur Seite.

Herr Wagner fixierte Lars mit einem harten Blick.

«Du solltest besser aufpassen, was du sagst, Lars. Solche Reden können dir Ärger einbringen.»

Lars hielt Herrn Wagners Blick stand.

«Ich kündige. Ich will nicht in einer Umgebung arbeiten, die Hass und Intoleranz fördert.»

Wagner starrte Lars an, offensichtlich überrumpelt von dessen Entschlossenheit. Lars drehte sich um und ging, ohne zurückzublicken, durchdrungen von einem Gefühl der Befreiung und des Stolzes.

Als er die Baustelle verließ, wusste Lars, dass er den richtigen Schritt getan hatte. Es war Zeit für einen Neuanfang, Zeit, sein eigenes Leben zu leben und seinen eigenen Traum zu verwirklichen.

Er rief Paul an, um ihm die Neuigkeiten zu überbringen. «Ich bin so stolz auf dich, Lars», sagte dieser. «Wir schaffen das zusammen.»

In diesem Moment fühlte sich Lars stärker und hoffnungsvoller als je zuvor. Er war bereit, sich den Herausforderungen zu stellen, die vor ihm lagen, mit Paul an seiner Seite.

Kapitel 14

In den Tagen nach seiner Kündigung fühlte sich Lars von einer Mischung aus Aufregung und Nervosität erfüllt. Es war ein mutiger Schritt, den er unternommen hatte, und nun stand er vor der Herausforderung, seinen Traum in die Realität umzusetzen.

In den folgenden Wochen suchten Lars und Paul nach einem passenden Standort für das Büro der neuen Firma.

Nach mehreren Besichtigungen fanden sie schließlich einen kleinen Raum in einem aufstrebenden Stadtteil, der perfekt für ihre Bedürfnisse war.

Während dieser Zeit begann Lars auch, sein Netzwerk zu erweitern und potenzielle Geschäftspartner und Kunden zu kontaktieren. Er war überrascht und ermutigt von der positiven Resonanz, die er erhielt. Es schien, als ob sein Ruf als kompetenter und zuverlässiger Arbeiter ihm vorausgeeilt war.

Als sie eines Abends in dem noch leeren Büro standen, sah Lars sich um und sagte zu Paul: «Das ist der Beginn von etwas Großem, Paul. Ich kann es fühlen.»

Paul legte seinen Arm um Lars' Schultern.

«Ja, das ist es. Und ich könnte nicht stolzer auf dich sein.»

Die Tage vergingen, und Lars und Paul vertieften sich weiter in die Vorbereitungen für die Eröffnung der neuen Firma. Sie arbeiteten an der Entwicklung eines soliden Geschäftsplans, trafen sich mit potenziellen Investoren und bauten eine Website auf. Jeder Tag brachte neue Herausforderungen, aber auch neue Erfolge.

Lars spürte, wie er in seiner Rolle als zukünftiger Geschäftsführer wuchs. Die Treffen mit Investoren und potenziellen Kunden waren anfangs einschüchternd, aber er fand bald Vertrauen in seine Fähigkeiten und sein Projekt. Paul war stets an seiner Seite, gab Ratschläge und bot Unterstützung, wo immer sie nötig war.

Eines Nachmittags saßen sie in einem Café und überarbeiteten die Marketingstrategie für die Firma.

«Wir müssen sicherstellen, dass wir uns von der Konkurrenz abheben», sagte Lars, während er einige Notizen machte. «Qualität und Zuverlässigkeit werden unsere Hauptmerkmale sein.»

Paul nickte zustimmend.

«Genau. Und deine persönliche Erfahrung und Integrität werden starke Argumente sein, um Kunden zu gewinnen.»

Während dieser intensiven Vorbereitungszeit organisierte Paul ein Treffen mit Carlos. Er wollte, dass Carlos Lars in seiner neuen Rolle sieht und die Dynamik ihrer Beziehung versteht.

Das Treffen fand in einem lokalen Restaurant statt und verlief vielversprechend.

Carlos war beeindruckt von Lars' Plänen und seiner Entschlossenheit.

«Ich muss sagen, Lars, ich bin wirklich beeindruckt. Du hast echten Mut gezeigt. Und Paul, es ist toll, zu sehen, wie du Lars unterstützt.»

Lars lächelte dankbar.

«Danke, Carlos. Deine Worte bedeuten mir viel.»

In den folgenden Tagen arbeiteten Lars und Paul unermüdlich daran, alles für die Eröffnung der Firma vorzubereiten.

Am Abend vor der Eröffnung saßen Lars und Paul zusammen im fast fertigen Büro. Sie sahen sich um, stolz auf das, was sie erreicht hatten.

«Wir haben es geschafft, Paul», sagte Lars leise.

Paul legte seinen Arm um Lars.

«Ja, das haben wir. Und das ist erst der Anfang. Es gibt noch so viel mehr, was wir erreichen können.»

In dieser Nacht, umgeben von den Träumen und Hoffnungen, die in diesen Räumen Wirklichkeit werden sollten, fühlten sich Lars und Paul mehr verbunden denn je. Sie waren bereit, gemeinsam in eine Zukunft voller Möglichkeiten und Erfolge zu starten.

Kapitel 15

Der Tag der Eröffnungsfeier für Lars' neue Firma war endlich gekommen. Das Büro war mit Gästen gefüllt – Freunde, Familie, potenzielle Geschäftspartner und Unterstützer. Überall herrschte eine Atmosphäre der Freude und des Stolzes. Lars und Paul bewegten sich unter den Gästen, begrüßten jeden Einzelnen und teilten ihre Vision für die Zukunft.

Während der Feier klingelte Lars' Telefon. Er sah auf das Display und erkannte die Nummer seines ehemaligen Chefs. Verwundert entschuldigte er sich und ging zur Seite, um das Gespräch anzunehmen.

«Lars, ich habe von deinem Weggang erfahren und wollte mit dir sprechen», begann sein ehemaliger Chef. «Nachdem du gegangen bist, habe ich mich umgehört und bin schockiert über das,

was ich über Herrn Wagner erfahren
habe. Sein Verhalten war völlig
inakzeptabel. Ich habe ihn entlassen.»
Lars war überrascht.
«Das wusste ich nicht. Aber ich danke
Ihnen, dass Sie sich der Sache
angenommen haben.»
Als Lars das Gespräch beendete und
zurück zu den Gästen ging, spürte er
eine Mischung aus Genugtuung und
Erleichterung.
Elena und Carlos begegneten sich
zufällig am Buffet. Als sie sich nach
einem Getränk streckte, bemerkte
Carlos: «Du musst Elena sein, Lars hat
viel von dir erzählt. Er hat nur ver-
gessen, zu erwähnen, wie hübsch du
bist.»
Elena drehte sich zu ihm um und erwiderte mit einem schelmischen Lächeln:
«Und du musst Carlos sein. Lars meint,
du bist ein wirklich guter Freund. Er
hat auch mir verheimlicht, wie gut du
aussiehst.»

Beide lachten.

Während sie sich unterhielten, funkelten ihre Augen vor Amüsement und Interesse. Ihre Gespräche drehten sich um ihre Arbeit, aber es war eine unausgesprochene Chemie zwischen ihnen, die mehr als nur berufliches Interesse verriet.

Carlos bot Elena an, ihr einen Drink zu holen.

«Ich denke, wir haben beide einen Toast verdient», sagte er.

Elena nickte, ihr Lächeln wurde breiter. «Das denke ich auch.»

Die Gäste wichen zurück, als plötzlich Wagner durch die Menge drängte und direkt auf Lars zusteuerte.

«Du hast mich meinen Job gekostet!», brüllte er, die Worte von Alkohol getränkt.

Lars, der zuerst überrascht und dann alarmiert war, trat einen Schritt zurück.

«Beruhigen Sie sich, das muss nicht eskalieren», sagte er, in dem Versuch, die Situation in den Griff zu bekommen.

Doch Wagner war außer sich vor Wut.

Auf einmal zog er ein Messer und schwang es in einer bedrohlichen Geste.

Die Gäste schrien auf, und einige versuchten, sich einzumischen.

Bevor jemand reagieren konnte, machte Wagner einen Schritt vorwärts und das Messer traf Lars. Ein Schmerzensschrei entwich diesem, als er zu Boden fiel, seine Hand auf die verletzte Seite gepresst.

Carlos ließ die Gläser fallen, mit denen er gerade auf dem Weg zu Elena war und rannte auf Lars und Wagner zu. Er überwältigte den Baumeister und hielt ihn fest, bis die Polizei eintraf.

Paul reagierte ebenfalls sofort.

«Ruft die Polizei und einen Krankenwagen!», rief er, während er sich zu Lars hinunterbeugte, um zu überprüfen, wie schwer er verletzt war.

Die Beamten führten den wütenden Mann ab, während die Sanitäter sich um Lars kümmerten.

Die Feier war jäh zu einem Ende gekommen. Paul stand neben Lars, während die Sanitäter ihn auf eine Trage legten.

«Es wird alles gut, Lars», flüsterte er, obwohl er sich nicht sicher war, ob er sich selbst oder Lars beruhigen wollte.

Sophie nahm Elena in den Arm, die aufgelöst daneben stand.

Paul stieg mit Lars in den Krankenwagen und sie fuhren direkt los.

Kapitel 16

Im sanften Licht des Krankenhauszimmers lag Lars, von Schläuchen und Monitoren umgeben, aber bei Bewusstsein und stabil. Paul saß an seiner Seite, hielt seine Hand und betrachtete nachdenklich das friedliche Gesicht von Lars, der langsam seine Augen öffnete.

«Hey», flüsterte Lars mit einem schwachen Lächeln.

«Hey», antwortete Paul leise, seine Erleichterung deutlich spürbar. «Wie fühlst du dich?»

«Ein bisschen wie überfahren, aber es wird schon», antwortete Lars und versuchte zu lachen, was jedoch in einem Stöhnen endete.

Die Tage im Krankenhaus waren eine Zeit der Reflexion für beide. Paul, obwohl immer noch als Anwalt tätig, hatte sich mit Elena in dieser schwierigen Zeit um die Angelegenheiten von Lars' Unternehmen gekümmert.

Sie hatte Termine verschoben, mit potenziellen Kunden gesprochen und alles darangesetzt, dass Lars' Traum trotz des Rückschlags weiterleben konnte.

«Die Polizei hat gesagt, dass Wagner angeklagt wird», sagte Paul, während er Lars' Hand drückte.

Lars nickte müde.

«Das ist gut zu hören. Aber ich kann es kaum erwarten, wieder rauszukommen und weiterzumachen.»

Elena, die regelmäßig zu Besuch kam, brachte ihnen Neuigkeiten und Ermutigung.

«Du wirst bald wieder auf den Beinen sein, Lars. Und dein Unternehmen wartet auf dich», sagte sie mit einem aufmunternden Lächeln. «Weißt du, ich habe nie gedacht, dass ich mich in der Baubranche wiederfinden würde, aber

hier bin ich. Es ist erstaunlich, wie sich das Leben entwickelt.»
Lars lächelte und nahm ihre Hand.
«Du machst das großartig, Elena. Du bist eine natürliche Führungsperson. Ich hätte mir niemand Besseren für das Büromanagement vorstellen können.»
Elena seufzte leise.
«Ich hätte mir früher nie zugetraut, so etwas zu tun. Aber durch deine Unterstützung habe ich erkannt, dass ich mehr kann, als ich mir selbst zutraute. Und ich lerne jeden Tag dazu. Es ist eine neue Herausforderung, aber ich genieße sie.»
Lars nickte zustimmend.
«Ich bin froh, dass wir diesen Weg gemeinsam gehen. Du bist nicht nur meine Schwester, sondern auch eine unverzichtbare Stütze für das Unternehmen.»
Kurz nach Elena kam Carlos.
Lars schmunzelte.

Er hatte genau gemerkt, dass Elena dieselbe Kleidung anhatte wie am Tag zuvor und roch Elenas Parfüm an Carlos' Kleidung. Bestimmt wollten sie alles erst einmal für sich behalten.

«Ich habe mich um ein paar deiner Projekte gekümmert», sagte Carlos mit leuchtenden Augen. «Elena hatte mich darum gebeten. Es ist wirklich interessant, woran du arbeitest. Du brauchst nicht zufällig noch einen Partner?»

«Ich werde darüber nachdenken», sagte Lars lächelnd.

Als der Tag der Entlassung kam, war die Stimmung eine Mischung aus Freude und Anspannung. Lars, unterstützt von Paul, verließ das Krankenhaus.

«Wir haben so viel durchgemacht», sagte Lars, als sie im Auto saßen. «Aber ich bin bereit, das alles hinter mir zu lassen und nach vorne zu schauen.»

Paul nickte zustimmend.

«Gemeinsam können wir alles schaffen. Dein Unternehmen wird ein Erfolg werden. Ich bin bei jedem Schritt an deiner Seite.»

Das Gerichtsverfahren gegen Wagner war bereits im Gange. Diese Nachricht brachte eine gewisse Genugtuung, aber auch eine Erinnerung an die harten Realitäten, mit denen sie konfrontiert waren.

Lars war erleichtert, dass Gerechtigkeit geschehen würde, aber er war auch darauf konzentriert, nach vorne zu schauen.

«Ich will nicht, dass dieser Vorfall unser Leben definiert», sagte er zu Paul. «Wir haben so viel Positives vor uns.»

Paul stimmte zu, fest entschlossen, Lars in jeder Hinsicht zu unterstützen.

«Wir werden das hinter uns lassen und uns auf die Zukunft konzentrieren, die wir gemeinsam aufbauen.»

In den folgenden Wochen konzentrierte sich Lars mit vollem Einsatz auf sein Unternehmen.

Trotz der körperlichen und emotionalen Narben, die der Angriff hinterlassen hatte, war seine Entschlossenheit, erfolgreich zu sein, ungebrochen. Unterstützt von Paul, der neben seiner eigenen Anwaltskanzlei immer Zeit fand, Lars zu helfen, nahm das Unternehmen langsam aber sicher Gestalt an. Der Tag, an dem Lars sein erstes großes Projekt annahm, war ein Meilenstein. Er und Paul saßen im Büro, umringt von Plänen und Unterlagen, als der Anruf kam. Es war ein Auftrag, der nicht nur finanziell lukrativ war, sondern auch die Möglichkeit bot, das Unternehmen auf dem Markt zu etablieren.

«Das ist es», sagte Lars mit einem breiten Lächeln, nachdem er den Anruf beendet hatte. «Unser erstes großes Projekt. Wir haben es geschafft, Paul.»

Paul stand auf, ging zu Lars und
umarmte ihn. «Ich bin so stolz auf dich,
Lars. Du hast das alles aus eigener
Kraft geschafft.»

Epilog

Monate waren vergangen, seit Lars seine Firma gegründet hatte. In dieser Zeit hatte sich viel verändert. Das Unternehmen hatte sich erfolgreich etabliert, und Lars hatte sich als angesehener Unternehmer in der Baubranche einen Namen gemacht. Seine Vision, ein Unternehmen aufzubauen, das auf Qualität, Integrität und Respekt basiert, war Wirklichkeit geworden.

Carlos, der bereits im Krankenhaus Unterstützung angeboten hatte, war inzwischen zu einem wertvollen Geschäftspartner geworden. Seine Erfahrung und sein Engagement hatten wesentlich zum Wachstum der Firma beigetragen.

Zwischen ihm und Elena, die das Büro managte, hatte sich eine spürbare Chemie entwickelt. Ihre gegenseitigen Flirts und das Lächeln, das sie austauschten, ließen keinen Zweifel daran, dass mehr zwischen ihnen war als nur berufliche Zusammenarbeit.

Lars' Beziehung zu seinem ehemaligen Chef hatte sich ebenfalls verändert. Aus anfänglicher Distanz war eine produktive Partnerschaft geworden. Sie arbeiteten bei einigen Aufträgen zusammen, und Lars schätzte die Unterstützung und das Vertrauen, das sein ehemaliger Chef ihm entgegenbrachte.

Das Büro von Lars' Firma war ein Ort geworden, an dem sich Innovation und menschliche Wärme vereinten. Es war ein Ort, an dem Mitarbeiter gerne arbeiteten und Kunden sich geschätzt fühlten.

Eines Abends, nach einem erfolgreichen Projektabschluss, organisierte Paul ein kleines Fest im Büro. Freunde, Familie und Kollegen waren eingeladen, um den Erfolg gemeinsam zu feiern.

Paul ließ sich plötzlich vor allen Leuten auf ein Knie nieder.

«Lars, ich habe etwas Wichtiges zu sagen», begann Paul, während er Lars tief in die Augen blickte. «Diese Reise mit dir war das Beste, was mir je passiert ist. Ich möchte den Rest meines Lebens mit dir verbringen.»

Lars sah ihn überrascht an, ein Gefühl des Glücks durchströmte ihn.

Paul zog einen kleinen Ring aus seiner Tasche.

«Lars, willst du mich heiraten?»

Die Zeit schien stillzustehen, als Lars in Pauls Augen blickte. Ein breites Lächeln breitete sich auf seinem Gesicht aus.

«Ja, Paul, das will ich.»